U0058614

凝視的背影

蔡梅芬詩集

新世紀美學　出版

謹以此書獻給愛我與我愛的人

凝視的背影永恆的浪漫

許世賢

凝視遠離的背影，生命在時空中流逝。伴隨稚嫩童年、苦澀
青春、浪漫愛情，暮然回首，甜蜜記憶始終不曾遠離，迴盪
每一段生命歷程，敲擊每一個寂寞心房。遠離的背影帶走化
不開的情愫，彷彿映照天際濃厚雲朵。遠離的背影帶走淡淡
哀愁或浮沉心中剪不斷的情絲牽絆，終將沉澱無垠心海，平
靜如繁星，在時而晃動的天幕靜默閃爍。不受生命流觴遮掩
永恆的浪漫，蔡梅芬自凝視的背影鏤刻不可磨滅的生之印記。

無限靈感的想像

蔡梅芬

有時緣份的相遇，是走一遭方向的指引，告訴自己如何活出人生，無論怎麼短暫，只有自己才能活出自己。2013 年與馬俊先生和朱家樂先生因攝影與詩文的碰撞，成為臉書的好朋友，馬俊先生行腳全世界，人們都對他的遊歷抱以羨慕，而我眼中的他則是位生命勇者，他永遠勇於挑戰自己的生命。他往來於大自然與寂夜燈火之間，不厭其煩伸展雙臂於靜默中，不畏寒冷與恐懼。因為那是一條他發現宇宙的秘境，得以體悟造物主的萬能，以及星宿的漫遊。而朱家樂先生則是位熱愛工作又愛家的好男人，每每趁工作之便，不忘用鏡頭拍下美麗風景，當下美景宛若家人的陪伴。因此我的詩文與他們結下不解之緣，他們的攝影作品，啟發了我無限靈感的想像。感謝他們，也珍惜這奇妙的心靈交會。

序曲

蔡梅芬

黑夜如燃燒後灰燼，寸寸墜落，靜靜悄悄，我期待日出。憂傷的風，旋至盡頭無星無雲，像流星夜般撲朔迷離，教我何處尋找？那托斯卡尼陽光灑落的窗前，普羅旺斯天空的雲淡風清，凡爾賽玫瑰花香的氣息，如是的澄澈淡雅。

黑夜若銀河穿梭千古神話，輕披著星光的羽翼，寂寂然然，我等待著月落，記憶裡的灑脫，如春泉初醒。雨露自葉梢滑落，沉默背後的不在乎，並無意將落漠掛在臉上，浮雲劃過天際，指間留不住的宿命，在海之角，在天之涯。

且讓我走私雲的憂傷，海風裡靜靜聽，浪濤中慢慢講。因為流浪的心，是張空白紙頁，任由你為我留言，你說火紅的太陽過於熱情，潔白的月亮又太溫柔。於是，用金黃稻禾為你，做一扇百葉窗，以雪白雲朵為你，織一件紗衣裳。而你仍轉身走遠，小路盡頭細雨紛飛，夏雷輕響，蒙塵的心，不再為你空白，野牧身影已失落，失落在心慌的路上。

從今而後，時而笑，時而哭，一手天堂一手地獄，天使與魔鬼拉扯我的嘶喊。若隱形之花，謳歌裡聽雨露，歡呼音聲中聽榮枯。詩人之筆呀，能否為我寫滿盈袖的風？心底聲音將吶喊湧出，這天上之笑，這不寧神話之門，當故事悄然退場，烏蘇懷亞的海角，心若水瀑千里，身影已天涯。

▍目次

凝視的背影
蔡梅芬詩集

▎目次

凝視的背影
蔡梅芬詩集

顧盼

每一個有驚嘆號的地方
星辰都在腳下
許多顧盼在季節回首
來不及悲憫的時候
黃昏又一次流逝

不再看水中銀河倒影
小船晝夜不息的歌聲
以楊柳風姿搖擺
藏著風月的袖口
帶著醉意的承諾

月光卸下歸人的襤褸衣衫
淨化的靈魂就此打坐
心靈列車不曾錯軌
不再停駐，只是經過
就著黑夜成全
跑馬燈的哀愁

2016.12.17

原路

光線在風裡搖擺
疲憊不動聲色
紙頁暗淡紛飛
最終被思緒吸入漩渦

只一扇門之隔
隻手便擋住月光
詩的辯證讓人心驚
返回是有雷聲的荒原

起身撫平覆蓋流逝的黃土
字典裡沒有凋謝
匍匐避開一場風的過境
若有兩翼應可順風飛翔

風裡孤寂呼聲依然
道別向晚雲朵
當幽冥封印解開不再迷惑
最深的夜晚也能看見
黎明的方向

2016.12.15

春天不遠

將最好的時光攢在手上
去了遠方隨處安詳
鐘聲才剛剛響起又消匿
天空灰藍的蠱惑
沉默憂傷和高傲孤獨
任由時光帶往東風深處

大地一切都靠得很近
想面向天空交出自己
或者蔓草裡藏起
而層疊重生是否多餘
心靈依舊，奔赴與你相遇

需要多少的人間蒼老
才關得住憂歡同呈一處
如此割捨與誰相隔
唯虔誠在萬花中
方能找出春天

籬笆矮牽牛兀自藍
天空可以任筆尖摸觸

喜悅裡有光的弧度
在滿天星宿的來路
合攏感覺像微風裡的草浪
波波連綿著富足

2016.12.16

音樂盒

總是想以芭蕾的舞蹈行走
不願蹣跚頂著光和露水
風不停吹，萬物低垂
天空沒有邊，雲顯得渾圓

從秋到冬，風吹草動
光在發條轉動中
照亮拐角處的野牽牛
輕歌漫舞在此停留

音樂剛剛響起又消匿
像玫瑰色的黎明
漫過銀杏樹葉搖晃的方向
手上握住最好的時光

撿拾一片花瓣
寫下清晨的美讚
從手心劃出一個圓弧
連塵埃都是祝福

2016.12.14

飛翔

孤獨如水珠墜落
也是一個漫長過程
卻把心變得無比寬闊
悲傷滴落不再冒險

疑問像弓箭射出
愁緒一點點簡約
憂慮的都有了答案
光在時間裡穿梭

慈悲在風裡等候
一株花開的顫音
杯中茉莉與玫瑰相遇
暈染的紅白花香

遠方應有人轉動經幡
混跡在荒原飛翔
僅僅一筆相守的色彩
竟是蝴蝶曖昧的春天

2016.12.14

莫愁

一柱雨是豎立起來的冷
戲子套上枷鎖與時間拔河
擁抱夜色的降臨
蜷曲對峙沒有晚安

一些關於溫暖的真理
在詩句裡左搬右移
早已厭倦不真切的囈語
傘下人影俗艷的苟活

不再等待一場虛無
像逾期在莖脈沉睡的小花
只要春天裝滿口袋
花開的心意就能填滿

陽光照在背上蒔弄花草
綠葉搖晃就有開花的欲望
偶爾風將葉吹得單薄
枝頭攔不下的綠
依舊迎風

2016.12.14

塔裡的女人

晨霧瀰漫孤獨詩中
陌路上風捎來一首歌
復歸的人呀
逐著白日遠離憂傷

低頭迴首之時
淡淡幽香飄過蜿蜒小河
驚艷含著露珠
回聲成一個句點

拈花在手細細端詳
眼眶有畫的光影婆娑
來自草木輕柔的芬芳
誰與相約？

明暗無垠的蒼穹
寸心從容書寫
青苔岩壁上
畫中傾訴的花事

2016.12.13

微雨

雨太輕跟不上風的方向
只有千年歲月才能等候
萬年記憶的臉孔
倘若陣雨不經意
風的依偎又如何在意？

葉像吹落金黃綢緞
為綠草獻出祭禮
餘光中脈脈閃亮
鳥兒卻在樹梢遠離
如一片雲影飄走

風吹情意是否深留
等待是悲痛的苦
有雨來時就有風
只一陣風很是孤寂
微雨相伴卻已足夠
風起都是真情的淚滴

2016.12.11

花在多雨的山坡

堅持所愛是一段美麗的記載
冷風帶起的髮梢
細雨紛飛的蘆葦花
詩裡反覆寫下的曲折小徑
似曾相識的時空聚散

或者靜待時光
縱然無法向誰印證
一切忽喜忽悲的憂傷
盡頭小路，總有遲來的幸福

歡聚片刻不會只剩離散
艷陽麗日與婉約月光依然
值得俯首輕聲感謝
偶有林間黃葉飄落
花仍隨風搖曳
那一株，山裡的小百合

2016.12.4

心如蝴蝶輕舞

一個人的鄉野，也有溫暖時刻
任月光疾風搖晃
鈴聲如一片潮水
托著夜色漫流
眼裡是明亮天空

喜悅像一朵花引進光線
退卻黑暗
相望中，各生慈悲
薄衫裡裝滿了風
如酒粕般讓人飲醉
幸福在心底盤旋
我願攜手一路跟隨

清晨時候走進庭園
身披霞光的人
露水沾濕的青葉
縱然孤獨如花漫開
蝴蝶翼翼小心飛舞
不經意已飛過桑田

一場雨露，沒有停歇
簡陋棚架，拱門裡的玫瑰
塵世婆娑於此
愛依舊，彷彿無法退隱的光輝
此刻，我深信無悔

2016.12.8

等待

風裡有雨，像遊子望向遠方的眼神
千年木反光落在哆嗦葉聲裡
黎明綻開守望這一場紛揚的雨
而我，準備已久迎接你的到來

小白鷺停在樹梢，等雲過去
我噤聲為你祝禱
雨中沒有人
沒有人從雨中走來
而海棠花正開
懸掛著時間的美

2016.12.1

24

別來無恙

靜悄的片刻，心有些疼
想說的話很多
多到模糊不清
而你，可有話對我？

書屋裡不時回首尋思
縱然一切已非昔
短暫停留已足夠跋涉你的夢
僅是風聲向南道別
一樣有和諧的溫暖

我在山谷目光迂迴之處
同屬星光的夜晚
永恆就踩在腳下
也許等待落葉松層疊滿山
這林間仍少了點味兒

有誰能踏月而來？
跫音在夜色張望中
分不清是離去的腳步
還是歸來的清印
只有風
還在曾經允諾的夢土

2016.11.30

真情不歸還

風起之時，我想起迷路蝴蝶的故事
深秋了，庭院佈滿落葉
清晨露水晶瑩滾晃
像盜取昨日月光的夜明珠
躲避太陽的質問

一朵雲落在滴露裡
蝴蝶正棲息，一飲而盡
雲的悲傷，便植入心田
當秋風吹開年華
她揮動了翅翼，向藍天裡去

在晨光照不到的地方
那蝶衣不曾被在意
消失眼前的時候
風聲隱匿了，光亮掘棄了
只剩攀息痕跡
玫瑰也枯萎

看不見的，其實都還存在
露水消淡，雲還高掛藍天

誰會在葉落時苦尋風的來歷？
廣袤棉雲裡，自有遷徙方向
牽著山嵐與河流的衣角
詩的語彙中任重道遠
老去的時候
依然抒情

2016.11.2

金色海洋

我想在這樣的長椅中靜躺
隨浪潮聲息輕輕波動
一次慵懶在金色海洋
喃喃哼唱

三個熟齡女郎，同享一片天空
從詩韻到夢想
如此雍容，比任何人都美麗
在那浪漫充盈的午后

彼此閒談，漫遊在白色沙灘
夕陽落入海底，有天燈點亮
一如彩球冉冉上升
心也恣意風中

在那裡，女人與女人緊緊相依
在那裡，靈魂忘卻來自寂靜的動情
在那裡，海與天交融合一
在那裡，月光照著永恆回憶

2016.9.1

月台

長廊頻回眸的人影已消失
引頸也無法穿透
恍惚視線在人群中尋覓
再啜飲一回
昨日相依的美麗

親撫孤獨單飛的這一刻
在心還沒變苦之前
記憶在寂寞空氣裡頡頏
風雨吹打在胸臆深處
漫天而出是那不捨的揚呼

彷彿，浮雲天邊
向一道流星許願
一次又一次凝望中
領悟不悔

2016.9.6

失眠者

月亮在天空等待講述我的夢
這一夜我卻無法入眠
風聲，車聲，靜謐裡份外寂寥
抱歉了，月仙子

我渴望一聲溫暖悲憫的語調
願夜蟲為我吟唱安眠曲
路的盡頭看不見聽不到
心靈位置擱淺在無眠的夜
遺失了長風裡的夢

人們喜歡走在落葉小路
可以在秋天製造浪漫情愫
可以採摘路邊不知名小花
好為愛人戴上編織的桂冠
靦腆的微笑來自月光
朦朧在心靈深處

今夜風切之處，窗帷飄浮
幾行贅句無法成詩
卻留給清月枉然的嘆息

還不如靜看夕陽金輝灑盡
在碧色蒼穹獨自顫抖

群星之間一瓣殘月
只想仰天向遠方訴說
也許心灰意冷像殘月空洞
我仍願意竭心盡力守護
崇高的將一切悲歡熱愛
即便我知道
失眠的人沒有作夢的權利

2016.9.2

已讀不回

繾綣夢裡有一首詩
採擷了幸運草，勿忘我
漂泊浮雲裡有一襲風
逗弄了綿情意，別擰疼

夢枕在草葉上
風起時揚音飄逸
愛寫於水雲間
化雨絲綿綿落下

隻字片語如雁杳魚沉
只得念想黑與白
留白是空洞
黑色是塗鴉絕響

走過小徑必留痕跡
腳步早已拓印
誰說船過無痕？
月影早已投映波心

2016.9.18

太極

夜，悄悄地來
我，昂揚地走
走過白日熱情陽光
微笑在黃昏地平線
有海天相遇的美麗
徜徉在喜愛生命的瞬間

夜，會心地寫著
我，靜靜地唱著
記憶屬於時間
天賦屬於境遇
寄軀體給黑夜塵埃
寫靈魂予宇宙自然

一半取捨一半糊塗
一半醒醉一半苦樂
禪俗隨緣日日夜夜
白天與黑夜一樣明滅

2016.9.24

風裡蕩漾

九月秋風太愜意
容易教人迷失
從清晨到黃昏描摹心情
對來不及相聚的歲月懷抱感恩

清朗的下午有風徐徐
單車身影有花裙蕩漾
一路淤泥田只剩水鳥棲息
夏日清荷卻還在心底搖曳

找一棵樹蹲坐
一片落葉正好滑入手心
也是過客，不禁莞爾一笑
這落葉無關秋天的美
是等待新芽抽出的喜悅

這瞬間，已經是永恆
在光影對映中聚散
直至夕陽對我微笑
我還在若有似無的風裡

2016.10.5

不見不散

一株花朵靜聽風聲
風說，等我過盡千帆
不見不散

點燃一根稻草
燻出雲的眼淚
等待，陸地掉落
說來路漫長

只有花香知道方向
清晰的
從沒懷疑
那華麗的憂傷

2016.10.30

光的歸程

距離，總能還原當時的模樣
一如街角轉身，遇見
一朵花蕊短暫的春天
迎晨曦而綻放
隨夕輝凋零

風仍在吹
微涼深秋的淺灘
散髮飄揚斑駁木船
不想在乎魚和落花有多少
只讓淤泥埋藏記憶

總有一些浪漫像熟透果子
一碰便輕易掉落
不經意的一瞥
會再引一次希望的光
將所有想像都撿進詩裡

浪花時節，不再無端驚起
舟船擺渡至此刻
無星無月，也足以抵擋今生

幽暗裡依然
散發光芒情意

2016.11.1

天光未亮之前

窗前是西風瑟籔的山影
天亮以前
除了眼裡小小角落
隱約還有思念的輪廓
彷彿向霧裡走去
些許害怕遲疑
而我,依然執意往前

那是一處峰迴路轉的美景
鳥語歡呼的心靈
在還無法觸及的前方
離聚的矛盾吸引我
歡喜時的微笑
悲情時的哭泣
軟弱時的渴望

受千年苦尋的知己觸動時
偶爾嘆息的回音
輕微迴響在遠方山谷
若能超越這細碎翻騰
為生命某個轉折留下印記

你我是如何相同
真能讀懂一顆誠摯的心？

濃霧散了，天光亮了
散不去的是捨棄的貪念
藏在面具下的陌生臉孔
霧散去的方向
莞爾之時，眼眶已濕

2016.12.3

陌生的戀人

微笑姍姍而來
帶著昨日的晚雲
今天之前從沒想過
能躲藏在什麼地方
用上揚的嘴角妝點自己
哪怕悲傷只眼眶揉進了沙

試著再寫一首詩
寫到誰的心裡面
不想就此離席的那個人
昨日像近在咫尺的天涯
無法憑藉曾經悸動的心來辨認
除了等待，還是等待

默默地自問
風聲漸遠去
一如潮汐反覆的窺探
沙灘是否還留存遺落的瓶中信？
願一切平安不沾寒露
只要珍重，還能相逢

時光像河流曲折蜿蜒
站在蒼茫的岸上
低迴和繾綣奔赴千里外
相隔幾重山
水的中央，依然回溯
那山谷最深的影像

2016.12.8

行路者

躊躇在孤獨嘶鳴的詩中
延展生命細微內裡
尋舊路回返的歸屬
時間之聲簌簌

比黑更顯色的沉默
只有夜晚深知
晨曦穿過窗櫺的光裡
無垠的曠野在輕輕吟唱

藍天的長風隱忍從容
不繫韁繩的瀟灑
如絲綢滑過草原之上
散發淡淡玫瑰幽香

當朝陽掀開深垂的帷幕
雲朵間鏤刻著溫柔箴言
佇立在斑斕的飛天之間
天涯已近在咫尺

2017.1.5

日落

散步的時候雲在遠方
承載藍天的陽光
也隱匿山野芒草的憂傷
百里冬色嚴肅的沉默

一片搖晃在金黃暮色的葉
為向晚指出鐘聲的方向
時間彷彿無語
十二月　風吹拂過節慶的靈魂
草間私語靠得很近

暮光婉約撥弄葉的琴弦
旋律盪漾擁抱倦意
人影漸漸長
立在亮透的草尖上　放逐
日落的思想

2016.12.25

月常圓

隨風翻飛深淺草葉
低語穿過林間
流雲綿延
花蔭下幻化游離的光點

離別之後，只有寂寞同行
以我的青春跋涉你的夢
不時回首尋你
在曉夢未醒之時

時間如此將你我分隔
長久一生，只一次匆忙停留
綿延月光的濃蔭
念想無悔，輕歌無憂

何等安靜的今夜
時光記憶如星辰隕落
此刻我想寫詩
想那婉約柔光如昨
像銀河在時光中蜿蜒而過
寫你，在永恆的渡口

2016.12.25

華美之姿

風起時候流雲過了
蜚語流短也跌落
心事同裙襬一起按住
找一棵樹的大片蔭涼
一張空白紙頁
畫出斑駁容顏的華美之姿

有些故事無法簡單陳述
懷裡的花朵藏著枯萎
一碰就掉落
風裡贖回心情
寫孤獨如野薑花開放

愛如潮水
汐水止於心口
又宛如灰燼
此時總讓人醉心
水從草尖滑落藍天的倒影
千山萬水，默默一人
從容地走過

2016.12.21

月光採擷

有一種悠閒
是單車與月光約會
一張婉約的臉充滿深情
風在草浪裡揮手頻頻

有一種詩意
一夜螢火明滅閃爍
無人小徑蛙鳴交錯
我與我的單車
單車與我的影

原來孤獨不需練習
詩情在幽徑深處
早已等候多時
稀落的攀藤圍籬
寂寞都嫌多餘

足跡只是依循秩序
有些事將如蛹化蝶
露水也不再滴濕深夜
我將我的視覺舒放
看見剛剛歇息的心
已漸漸飛遠

2016.7.30

掇拾

撿拾昨日的心情
躲入雨後彩虹的記憶
拱橋倒影裡的木棉花

告別了今天
誰能刻意改變情節？
回歸淡然寧靜
景色多麼美

喝一杯無糖咖啡
苦澀別有況味
寂寞沿杯口向天
一兩詩句便開啟夏艷

2016.7.30

苦行僧

你是一灣來自天上的水
輕輕流向海洋
流過山林青色髮絲
流過原野綠色地毯
最後流成雅魯藏布江
與恆河浸浴冥想

瑪法木錯湖平如明鏡
喜瑪拉雅山濕婆修行
瓦拉那西河邊遍地灰燼
是永恆的靈魂故鄉

心如最珍貴情感聖河
在悠悠歲月渡口
風在邦古瓦哈提的肩上
我的眼睛揉進了一粒沙

2016.7.29

水漾祝福

一抹夏光綻藍了湖水
晚風吹拂你的微笑
宛若風中落葉
迴旋於雨虹倒影
頃刻間
文字的音聲躍然紙上
一記深情心海
拓印著無間守候
清澈涓滴了滿天星光
夢與詩
悄悄在夜裡對話

2016.7.3

薩爾加多的凝視

一張黑白色調老照片
無意識形態的人們
或坐或站的幾何構圖
或遠或近的空無

凝神看著照片
不同時空與之相望
生命失去期盼的表情
深刻烙印眼底

若是經歷了滄桑心靈人生
總有另一種時間悠悠流淌
留在生命某一處
儘管是最黑暗荒廢角落
依然能照見光明

輕透呼吸在風中
眷念和淡淡期望
將今生佇立成一片風景
清月般微笑
珍藏生活的淺痕

2016.8.3

晚安曲

鄉間小路紅夕陽
屋瓦人家矮籬牆
風以微笑把雲藏起來
天空已換下黑衣裳

揮別鎮日匆忙
寫下詩句一兩行
寄語白雲流浪遠方
甜蜜幸福滿心房

睡吧，我的愛
晚風輕輕在荷塘吟唱
月兒彎彎水中央
樹影編織了捕夢網
好讓妳進入夢鄉

2016.8.5

思念給了誰

是誰在春天給了承諾
荷塘青蓮不分日夜晨昏
和風逗弄葉裙
搖頭擺舞騷首弄姿
蓮心卻將寂寞包得緊緊
難道承諾是通關密語？

淡淡憂鬱晾在夏日午后
攤掠不捨思念
像一張恬靜的莫內油畫
輕描投射光影
斜風來自何處
一如不具名的承諾
只有春天知道

2016.8.4

夢湖

月光如煙雲記憶流轉
濛濛在相聚別離渡口
冉冉霧色彎角處
紫幻般的想像

一處幽冥深沉
在夏夜靜謐等待
蔓草藤攀附交織
夜色鬱鬱風鳴中

跋涉過風華歲月
不懂灰飛煙燼的滄桑
眨眼這迷濛
只留空洞煙潭

是否情感沒有靠岸
風絮私竊妳的默默不語
揮手樹梢藏影
卻說相思無法投遞

2016.8.4

天空的那端

一個人能有多少記憶
台北我的城市
是我有夢無醒都會草原
月影打從你那兒輕輕來
銜來你的夢境

那是一只緋紅花朵
我和我的靈魂
是謙遜與慕情縮影
醉了的時候
將自己化成兩個影

看不見螢蟲穿梭
緋紅樂土憂傷之愛
讓我合眼在你如鼾喘息裡
在黑暗中湮沒
微笑轉身
無語回眸

2016.8.5

捕夢網

遠處街燈明了又暗了
淺淺天河
黑暗中一顆孤星
明滅沉默不語
只寫宇宙無盡寂寞

薄紗帷簾窗口
將捕夢網掛上
今晚可不可以有夢
盛夏初上的月圓
柔光映在誰的視野

我假裝恣意小睡
邀月光樹影
輕舞一段孤眠
點亮縹緲燈火
你是否可以陪我穿越黑暗
舞一段華麗的繾綣

2016.8.5

新月橋夜騎

如果寂寞能在夜裡入睡
唯美便不再是一種錯覺
浮雲輕輕劃過指間
風揮一揮衣袖
訴說再見離別
凝眸星光裡
透著驚悸的美

2016.7.1

相遇

你從何處來
那不可尋的蹤影
午夜夢寐的岸上
煥然的眼
去盡我欲眠之時的迷惑

我將皈依於你
絕對的純粹
無限的明澈
是你眼中澄亮的黎明
可遇不可尋

點燃一柱依蘭香
不絕如縷煙絲
心湖如鏡
花海冥想
我想靜躺於你
千年胡楊的彼方

2016.8.5

草山月世界

煙雲在妳臉上刻寫歲痕
不經染色純粹滄桑
看紅塵喧嘩
風向妳傾訴流浪

黑夜旋開貓眼
光如一道冷箭
劃過歷史摺角的殘碑
風在流沙中哭泣
白堊野草只能傾聽
霧濛變幻的空洞

眼瞳滑入竹林風口
穿梭在時空隧道
來不及撿拾河岸化石
夢囈已自嘴角掉落
驚醒風的啄窗

凝視窗前一幅畫
一張潑墨山水三分留白
月世界生來無貪婪

不憂心缺憾
沉靜像一首詩
連文字都不忍喚醒

2016.8.6

花開花落

年華逝去前從未留意
紅玫瑰如此豔麗
如果再一次年輕
依然心動迷惑

輕風伴秋雨遠去
落葉酣睡石階上
藍天白雲如出岫芙蓉

我在翻騰雲海浪濤裏
你是漂泊舟船
一縷清風絆住我
牽掛你的停泊

當鐘聲喚醒黑夜
我獨坐冥想
月光神秘安祥
回眸間山海遼闊
平靜無波

2016.8.6

自適，如一

永恆在夜裡靜止了
百花繁開與謝落
自適自如典雅的存在

且聽風聲呢喃
當雙眸袪盡欲眠的迷惑
那煥然如月的投影
是我皈依的絕對純粹

不可捕捉的尋覓與遇合
會心微笑不再猶疑
相融擁抱夜的靈感

2016.8.1

海鷗，岳納珊

四季去了顏色遺留什麼給自己？
天地物換星移
白了高瞻的思想
綠了夢湖的柔波

盈袖春風恣意把夢墊得高高
夜裡看不見方向
能否獨個兒飛翔？

想飛的心如此沉默
入夜有明滅燈火
人說雲裡的夢最輕柔

影入煙波不回眸
高飛迎風
別教夢跌落

一處長堤一簇菊
一盞燭光半天雲
海天是我幽居
向遠方飛吧

不畏風雨

2016.5.1

難辨的真心

街頭一處冷清角落
有留宿人燈火
窗臺上的背影是那人
只遠遠地望

不期盼你自夢裡來
眼睛輕觸了窗
深黑街頭靜靜守候
踏盡長街一夜念想你
那是我僅存的慈悲溫柔

風起往事如昨
有人吹熄夢之火
月光窺探中藏躲
沉默如熬湯孟婆

彩繪夢境的畫紙
風雨洗滌墨筆後
雲心知多少？

2016.5.1

松林小橋

也許泑上一壺茶傾酒淺酌
只為那整夜的促膝長談
留住小小快樂

妳自我眼神漫開
純潔而清亮
如心中深植百合

情感是水上旋舞浪花
衝擊著生命不休的驚喜
我時而迷惑其間
時而憂傷感謝

於是開始決定回家
離開遙遠
去看記憶裡的憂傷

那座曾經走過無數次
松林飄雨
小橋的家鄉

2014.4.6

靜靜守候

風來是愁緒
雨來是愁緒
仰望晴空白雲掠過樹梢
愁緒就著燭光讀遠方來信
如此冥然兀坐

風飄來一陣花香
雲來了又走
迷濛看見水霧飄動的長髮

我想走進那片沒膝長蘆
走進那片幽幽水霧
而後
靜待守候

2014.4.5

雲深草原青

雲升起重疊海天
白色瀑發的洪流
拂起穿梭歲月

青色山間還是黃鳥林路？
那麼海鷗的飛翔呢？
一望無垠的雲啊
我恍如隔世的醒來

尋著悠揚風聲日升日落
解盡一生牽掛
隱約在煙霧裡

春暖花開時
雲彩繪了天空
終日渲染一次又一次的美麗
揮灑一地明亮青青
塗鴉滿室甜蜜

2014.4.3

念珠

終於我是安然醒著
虛空雙瞳面對白晝
只是白晝已近黃昏

把想念的心細細收藏
昨夜底心是座尼庵
數也數不清
看也看不盡

是祈願念珠
如眼下黃昏片片雲霞
牽在絲線兩端

想著妳明麗雙眸
我的眼黑暗迷濛
心卻安然醒著

2012.7.12

當我年老

親愛的，當我年老時
額頭上是不是蒼蒼白髮
一如你

親愛的，當夕陽西下
雲層裡是不是映照七彩虹光
一如紅霞

酣睡的星斗旋即升起
迴響滿城寂靜
在天邊憩息的雲朵
懸如蛛網

等到春天不再綻放
輕和秋霜冷冽
靜靜安眠在你如詩懷抱
月下安睡入夢

當夜暮低垂身影蹣跚
親愛的，我已年老

2016.8.16

古典留我

從兩頰漫延而上
深鎖的眉頭緊蹙
雙睫緩緩推開那六方嫣紅

殷黃蓋覆我
彤雲遮掩我
蒼穹很遼闊
藍衣裳很古典

古典留我如是般寫詩
雋永小憩亭立著呼喊你的名
搖落水叢遠遠迴盪

目送你回家的路上
心很失意
古典留我
詩很愜意

2012.7.9

那一頁

那一頁我找了好久
撒網而下的那個黃昏
我的書信還來不及編寫
回憶卻在離去行間

我從不是等待的人
卻在起身之後深深寫入惆悵
枕邊日記有善變流雲
驛動寒星淨抹的水痕

是心頭傾訴嘆息
夕陽西沉時分
淚 ，它輕輕流
在多年以後
那一頁
我找了好久好久

2014.4.9

靜觀成秋

其實不是偏愛這樣相思
也不是想要如此拈花易感
看這四方之城
前是寂寞後是悲涼

只想編織怫鬱成錦繡
只想湮滅荒原為淨土
在那上面寫詩
訴說曾經的頹圮

霧裡驟看爾時扶疏
雲起時紋身草葉
乍看是春
靜觀成秋

2014.4.8

風箏

黑夜在雲層細密皺紋裡抖動
窗前月亮照映一條小路
小路盡頭長長背影
雨中而去牽著 一條絲線

背影越來越小
絲線愈拉愈長
雨絲模糊我的眼
影子消失盡頭

風來吹起絲線長長
時而向上時而向下
風箏無所適從
再美也是直落地平線

一顆心牽掛兩頭線
雨涔涔下淚潸潸流
風箏在夜幕飄落
影子不曾留下

2012.7.20

澆花女子

綰著長髮掬滿一掌晨露
我是那澆花女子
想是盛滿碟碟關愛
想是輕輕投入你懷
沉緬昨夜之夢
晨褸於風姿舞擺

我是那妍倩新娘
想是宿醉於舊愛新歡
想是臉頰脂粉未施
掩不住清透暈紅
梨花般嬌美無瑕

神清氣爽水聲滴答
直落窗臺
我是那澆花女子
窺探你心事重重
驚擾你一簾幽夢

2012.7.19

潮汐港灣

隨潮汐退去白日閃爍之後
夜晚含蓄在薄光眼神裡
風雲和凝看一天晴和
海平面垂地而盡
灰色船笛聲已漸近
夕陽閉上眼睛

沉溺在紫色氛流中
妳從水霧中走來
長髮飄散絲絲迎風
一身瓏白水紗漸漸隱沒
潮聲夜裡我不是孤獨旅人
只是拾惙歸航

雲河是星子披紗
水流是海草搖床
潮汐港灣夜裡入船
妳等在潮汐港灣

2012.7.18

海闊天空

是自許讓我如願以償
謝謝你，支持我的人
是敘情讓你成為對象
謝謝你，包容我的人

等待 ，一直是我給的功課
沉默，是你不得不的 選擇
海很藍天很遼闊
手上氤氳煙卷還點著

夜很深月很明露水很涼
遞給我香濃黑咖啡還熱著
遙想聖多里尼藍教堂
悠然神往

心似無邊無際海洋
寧靜安詳
情像七月當空艷陽
只因有你陪身旁

2012.7.18

76

歸途

衣袖在花樹下撥弄琴弦
一顰一笑筆墨揮灑
勾畫月光纏綿
煙柳夢幻告別樓臺前

紅塵苦澀年華滴淚落花
秋風吹來隔世雲霞
衣袖揮向海角天涯
一彎清月照亮心路
一段朗晴歸途

2016.8.23

掌鏡人

細雨澆不熄焚燒的夜
街角聽見有人吟唱紫竹調
歌聲上演著遺忘的故事
沒有星月呢喃只有思念

街燈掌鏡一幕往昔
迷茫夜色加深秋的涼意
驛站過客孤獨的筆
寫下昨日風月不全的嘆息

誰在分鏡中等待舊時夢
紅豆串成珠鏈的不歸路
雨朦朧在街角燈下
獨行的夜歸人
掌鏡吟唱那首歌

2016.8.23

一葉知秋

故事從色調變淡開始
回望春日繽紛花妍
夢幻仲夏螢火點點
蟬聲依然悠揚
詩意漸濃

野風吹拂山林幽徑
濃情執意將楓葉染紅
藏不住秋來腳步
點滴的輕吻

2016.8.21

落葉

流逝的歲月如花綻開
幕色猶疑的窗
落葉已佔滿孤獨

夢境白紗穿越空巷
風在迴廊輕聲踱步
明月雲中透光
默默虔誠吟歌

黑夜緊緊蹙眉
一如你無聲離席
徬惶無助

星子眼睛像夜一般
藍瞳灑盡
一如暮光記憶匆匆
深院化泥更護花

2012.7.20

芹碧村的藍眼淚

終於在那一片靜靜海灣
驚喜鳥兒海上歌唱春天
花兒在枝頭展露笑顏
和風吹拂白紗衣裳

當星星綴滿無波海天
新月將甜蜜心房充填
仰望長天之際
雲浪隨意飄過眼前
那是一片寧靜海
閃爍藍色小眼睛

2016.8.24

圈住和風裡的畫

八月陽光灑滿桂花碎影
風無法辨識方向
任時光如書頁開合寂寞
心依然若蝴蝶翩翔
不曾有絲毫悲悽

曾經如是想
若風來自相思林
願吹拂向無盡天空
千帆過盡時
某個春天的夜晚
會記得相遇的美麗

野百合花開的山谷
有花落的悸動
約定在詩情畫意的秋天
微風中相互傾訴
直到白髮的時候

2016.8.24

光與潮水

許多記憶遙遠午后
懷抱美麗與哀愁的心
想把所有愛的時光
編織成一張溫柔的網
好將丟失細節再次捕撈

將美麗相逢寫成一首浪漫詩篇
好讓記憶佈滿喜怒哀樂
凝視目光裡
那一潮海水的幸福與惆悵
就在這裡看歲月明麗

沒有訴說故事
結局已遙遠
遠到開始懷疑記憶
在哀傷時刻捧起內心脆弱
想像隱約身影
依稀聽見幸福在這裡
就在這裡
永遠伴陪

2016.8.24

悉心珍藏

夜晚讀詩的時候會感動
寂靜是情感最美樣貌
人群中誰將靜美悉心珍藏

風吹起時光如夢甦醒
秋天落花曾親見多少春天
花前又曾默立多少足印

一只海上漂流玻璃瓶
一封裝著秘密的書信
有人在海上懸浮思念
有人將想念寫在文字裡

總在迷藏中眨眼定神
風稍來一盞黎明清光
縱然柔波遺落餘香
天光仍尋夢而來

一紙風箏歸向長堤
搖曳幽藍海面
影舞羽雲一曲半音

彈指將芬芳點亮

2016.8.24

河畔旅人

像一個走在河畔的旅人
默默佇立靜靜觀想
怕是走近了驚擾悄然霧色
如夢之境瞬間化作迷濛闌珊

想望的距離讓思想成為風景
風月就留給玉人的蕭聲
身影恣意在冷月裡無語
當是無盡風姿的遐想
枕著雲煙翻閱一冊書卷

夢境在百花深處
幽人深居簡出
酣夢在時間的彼端
春時見花樹璀璨
夜光沉寂中粉雲似夢

2016.8.24

時雨想像

下個雨吧，心這樣想著
低氣壓造訪熱浪酷暑
別讓腦袋變得渾沌

下個雨吧，　是那樣渴望
對流風搧走鬱悶心情
沏上一壺午后茶
聆聽雨中悄悄話

怕是絲雨不來
不是不想等待
心靈扉頁不停翻閱
只是風在原點浮雲天邊

雨，真的來了
甘霖潤澤乾涸大地
新沏老茶滿室生香
雨的旋律滴答響

2012.7.20

風中殘燭

一輪明月彎彎在天空
風偃息在晚雲深處
消瘦的身軀雙眼無助
滿心期盼卻無力呻吟

也想為您關上抖動窗櫺
讓您不再感覺風淒
卻又婉拒月亮柔情的探訪
倘若此時已是冬季的夜晚
爐火會靠著您的床邊
敞開風敲小窗邀月光進來

只是短暫的凝思，專注中
卻看到歲月劃在您臉上的刻痕
一張回顧白樺落葉何處的面容
曾經清麗的嬌巧模樣
再也經不起雨露風霜

時光在指間漸漸流逝
熠熠燭火忽明忽暗
微弱的喘息斷斷續續

我站在時間上面
風在記憶裡搖擺

2016.8.28

心靈遊牧者

斜陽晚雲倦鳥已歸巢
暮垂金色穗稻
野風茫茫廣闊草原
日月星河天際連綿

時空交錯戈壁之南
荒漠中擦肩而過
心靈遊牧者
是鄂爾多斯夢中人
尋覓的橄欖樹在遠方

夢境刻化的影子漸清晰
心的默契在豐收時刻
將幸福定格
讓靈魂縱情馳騁
依繫不放

2012.7.20

撿拾我詩

聽說惡夢像縐摺凌亂的窗帘
透著雨痕滿掛風絮
雪白藏在逆風飛揚的黑髮裡
夜雲飄忽遮掩了草間月影

沒有顧盼的日子
――寫入緘默
是不是咒語已入殮容的天空
趁星子閃亮邀月光入夢

光潔, 明亮, 從容
以詩之名撿拾彩虹
別擰壞花仙子透明薄翼
揮去黑夢的向日葵
不再遺落

2012.7.20

我將起身離去

從黑夜穿梭到黎明
天光顯露魚肚白
摘下一片未醒的葉
露珠在葉上打滾
晶瑩返照一張微笑的臉
那是我遠行前的告別影像

我將起身去遠方
有纏繞玫瑰的鍛鐵圍籬拱門
有白色石牆和藍色屋頂
海風翻騰的浪聲與夕陽唱和
海上鷗鳥自由飛翔
是一處和平象徵的島嶼
我嚮往在那裡幽居

從清晨小鳥鳴唱到日暮海潮止汐
午夜時分夢迴縈繞
月光清輝映照臉龐
抬頭仰望天空
星斗正為我引領開路

2016.8.27

作自己

不要在黑夜等待黎明
等待會吞噬妳的夢
不要在雨季祈盼天晴
氣候有自然的定律

白日不懂夜晚的黑暗
真情無法感動裝睡的人
茶涼了不再是原來味道
疏遠了不會有感覺

心如高空降落傘
打開才能安全著陸
當雨來時影子也缺席
誰能永遠伴陪

遠了紅塵往事
淡了人情冷暖
一顆晶瑩圓潤小水滴
勇敢丟進大海
海洋就是自己

2016.8.27

風格藝術品

心是一件獨一無二的藝術品
活著就是為做一名造心匠人
美感是思考的支撐
如此神聖表彰信任和忠誠
日以繼夜，分秒必爭

風格來自個別的憂患孤獨
創作提升心靈高度
每一個逆境，每一次挫折
都是等值喜悅的種子
發芽在泥沼荷田
清濯瀲灩

2016.8.25

月台

長廊頻回眸的人影已消失
引頸也無法穿透
恍惚視線在人群中尋覓
再啜飲一回
昨日相依的美麗

親撫孤獨單飛的這一刻
在心還沒變苦之前
記憶在寂寞空氣裡頡頏
風雨吹打在胸臆深處
漫天而出是那不捨的揚呼

彷彿，浮雲天邊
向一道流星許願
一次又一次凝望中
領悟不悔

2016.9.6

影梅日記

1
忘記獲得和失去的時刻
冰寒季節光線剛剛好
可以攤掠靈魂鋪展陽光
風拂過冷空氣翻閱記憶
只願無所罣礙
人間之外存在

2
拂風山巔嵐雲綿延
心在瞬間如此淡了
淡到仿若無物
背景明亮林木蓊鬱
路在斜風雨中靜默
不善笑的梅樹
憂傷寫在霜葉上
多少滂沱雨注才能刷淨
冷風撲懷心靈

3
提著昨日相思走在清冷大街
雨絲裡擁抱寂寞幻想
一席風景長髮飄逸
靜夜一顆遠走的心
一盞小燈等候
卻是一夜無夢

4
一方流雲駐足的角落
冬梅芬郁迷濛雨中
風之谷深邃溫柔
凝眸月光繾綣相守
歸盼旅人何時休

2016.1.27

向陽的種子

親愛的小孩，荒漠中不害怕
熾燄土地上留有你的腳印
是赤足尋找生命綠洲的痕跡
從黑夜到黎明

親愛的小孩，飢渴中不放棄
風吹不乾的汗水代替你的眼淚
一路碎石是舖往天堂的階梯
從沙漠到雨林

哀傷的命運，嘆息多如沙礫
揚起的塵灰佈滿衣衫襤褸
夜晚的星星依然閃耀
歡喜為你歌唱

你是一顆向陽的種子
深埋在黑暗乾涸泥土裡
甘霖時辰起身發芽
等待朝露笑出
朵朵葵花

2016.9.1

夢在北緯 69°

喜歡在平淡裡懷抱一點美麗
那憧憬讓我愛上作夢
窗外是遠山朦朧的輪廓
渺茫滄涼的一幅淡彩墨畫
灰藍薄霧裡藏匿著秘密

記憶裡杏花枝頭蝴蝶飛舞
小徑櫻吹雪飄落一地
孩童笑容陽光般心頭摩挲
夜，靜謐著
夢，應釋放了

風輕拂小窗紗幔
伸手觸向天空，想像
無夢的生命時間會在哪裡
蒼白裡找尋自己太單薄
沒有重量，不是夢的居所

夜還是夜，山依舊是山
純粹世界，夢也是純粹
讓赤裸的心隨極光去吧
夢，在北緯 69°

2016.8.27

家人之間

安詳的時刻同聚一起
月夜裡寂靜入睡
疲憊時候，也許群星暗淡
眼神卻不曾閃爍厭倦
偶爾陰鬱如飄落黃葉
心也不曾距離遙遠

炊煙自晨曦升起
美味飄香四溢
爐火邊溫暖彼此的心
家人之間像海上白鳥同飛
心繫島嶼和流波海灘
縱然暮靄低垂
星光依然心中不退

不因冬來沉沉低睡
不因風來靜臥鄉野
迷濛雲隙飄浮白月
家人之間像金鎖相連
集結，分散，尋著光影
邊歌，邊飛，邊夢追

2016.9.1

三年忠班

記不清，那一年
三年忠班的身影
拓印在哪片葉上

也許
深藏在歲月某個頁次
離別後的嵌字
又刻寫了多少悲歡

將記憶編寫成音符
化為蟬翼的薄翅
赤裸吟唱
屬於學子生涯的歌

那一年，三年忠班
攬不住，花山雲夢
參不透，以淚潑墨
眼底那一幅畫

2016.9.10

秋晨微光

夜雨過後天漸漸亮
飲盡最後一滴想像
微光如絲迷霧已成涅槃
晨風拂葉的腳步聲
再一次眼前走過

掃過的是慵懶秋風
還有遠去的身影
前世今生輪迴的因果
葉在蕭瑟中哭泣

向陽斟上一杯茶
幻夢與季節開放的花
隨滾燙熱水一起溶化
無明無妄無境
悲喜無牽掛

2016.9.10

一夜千年

那夜海邊微微風起
潮水輕拍岸上長堤
月光漫步，兩個身影
靜坐長椅，細聽浪音

浪漫依戀在每一季
我願在那裡
等的，是風
等的，也是你
懷裡藏著頁頁詩情

秋日剛剛到來
夜色清亮如螢火之夏
將時間一網採集
這一刻，彷彿停留

說著秋天，於是醉了
在紅酒倒影的水波裡
漁舟輕搖，星光點點
一坐，是一夜
一夜，永恆千年

2016.9.8

別用眼神道別

視線穿越過情人的肩
一對銀髮守在附著黃葉的秋天
臨別時刻，輕掩
雨中潮濕的野玫瑰

如此看著一雙緊閉的眼
靈魂，憂傷疲憊
送走夏日暮色荷田
淚，早已滴落
你凝神低垂的眉

2016.9.6

芒茫

幽幽曲曲的山頭小路

野放在眼前

我問我的寂寞有幾許

在這芒花的冬季

也想忘情飄舞 自我放逐哀傷

昔日的煙硝與風華

像謎一樣

攝心的金黃

佈滿我的眼

就讓風去尋找吧

那顆消失的心

在短暫而沉默的

藍天

2013.12.6

新娘

教堂鐘聲已響起
是婚禮祝福的一刻
妳的手挽著父親的手
緩步走在紅地毯
父親握著妳的手
輕輕交予另一個人
含淚脈脈

當男人為妳戴上戒指的那一刻
妳將成為今日美麗的新娘
也是明日孩子的媽媽
請一定要記得
記得讓自己過得幸福

天天晨起做羹湯
日日洗衫疊衣裳
無論妳是誰的昔日新娘
無論妳是哪個孩子的媽
請千萬別忘記
別忘記讓自己心靈富足

歲月的歌，譜寫在彩墨頁上
讓白紙繪出一行行愛的音符
讓快樂旋律起身蔓延
微笑聆聽自己內在的音聲
隨心，無需筆墨
點石，芬芳成詩

2016.9.15

拂袖之影

拂袖走過夕陽遺落的影子

每以纖手拾起

晚霞映紅的溫情

繫上飄逸雲絲

帶走祝福

阡陌裡蒼蒼白髮

隱約在一席綠浪飛揚

如瀑白翻灑的蠻荒

季末隨風

擺渡浪人的詩意

2016.9.12

塵緣花落心自明

當黎明即升雲霧散去時
一場心靈的旅程開始了
朝露花開清顏的詩情畫意
秋葉隨風飄零的落漠淒涼

錯過春櫻微笑山中
還有夏荷映月湖畔
送走秋楓一地落黃
卻能邂逅冬雨雪花

花開一季只是記憶餘溫
清歡一時也是指間流逝
不再回頭凝望

唯美時光裡淡泊
沉靜婉約拈起韶華
風裡傳遞愛的音訊
陽光下有心的綠地

2016.9.20

愛像彩虹

彩虹不是一直掛在天空的
太陽雨中偶爾微笑向我
動與靜之間蒙裏神秘面紗
永恆的時間裡稍縱即逝
卻隨時隨地存在

當我感受美好喜悅時
心中開滿遍地彩虹花朵
當我用心觸摸萬物大地
舉手投足彩虹隱約其間

雲端總是任我悠遊
彈指之間坐擁了愛琴海
伊亞石牆白色冥想
轉風車追逐美麗夕陽
紫幻魅影扉頁浪漫入詩

心在，無不所在
心不在，不無所在
一份念想一份愛
愛，無所不在

2016.9.18

宇宙光

從臉書的訊息給你一道光
那是充滿能量的宇宙光
苦於睡眠障礙的你
收到了嗎？

幽暗裡，請你閉眼想像
額上有微光漸亮
意念尋此而去
意識慢慢模糊不清
當心繳了械，便不再武裝

失憶也好，錯亂也罷
過渡，只是暫時
就著光緩入夢鄉
願你睡了，好夢一場

2016.9.22

幻世浮生

隔著紅塵距離看蝶舞花醉
我是那悠雲一朵
無意將心留在藍天之上
卻托缽布施在生命雨巷

從萍水相逢到浪跡天涯
一顆心不曾閒
婆娑人間行走，花開葉落
只緣心懷已留白
執一份靜好水雲間

帶一卷書，享一處清淨
和身綿綿草地
一盞茶，飲盡風月滄桑
半個夢，細數滿天星光

2016.9.22

不說

多惱的風堆疊昨日灰雲
撢不去濕透的衣角
向收傘後的天光揮手
微影原地打轉

不想把一生許諾給風
雲兒因此漂泊不定
不願將心事說給雨聽
大地因此喧嘩虛空

不在黃昏擔心黑夜
銀河沒有繁星點綴
夢裡的童話世界
有月光婉約

2016.9.21

炊煙忘了裱框

左手牽右手走過了一季
春雨漫過青青草原
微風牽引夏荷田
拂曉拾得秋葉一片

光著腳丫靠在窗邊
感受牆角暫時悠閒
心從甲地到乙地
難以丈量距離

不想西風掛在床頭
藍調氛圍依稀陳舊
一地泥濘翼翼小心
卻打翻了李白的酒

2016.9.21

114

朝露裡的小花

再一次與黑夜擦肩而過
風從樹梢拾起隕落的月光
向雲端飛馳而去
晨曦在沉默裡升起
遺落指北星的長夜已逝
朝露披上葉隙金灑
秋聲中瞥見自己
一襲紋身的，蝶衣

2016.10.4

開卷有益

一本塵封已久的筆記
一只透光黃葉當書籤
驚嘆號在裡面
字字是頁上化石
秋日記憶的喧嚷
躲在月牙裡

216.10.4

霧濛山丘

初秋漸涼的山嶺
黃綠薄毯有陽光輕吻
晨風撥弄微雲慵懶
茹飲一杯濃濃九月離愁

月桃印記心情密碼
緊鎖時光膠囊
白色蘆花身影搖曳
喧嘩煙霞之外

汲一瓢風釀的酒
趁發酵的秋意濃醉
捎信給飄零紅葉
揮別凋落的滄桑

只有滴翠的風聲聽懂
流韻的鳥鳴
只有歸根的落葉懂得
灑脫與平靜

2016.9.25

魔法秋天

為了追尋落日迷人的粼粼波光
我將夕陽海面的盪漾藏起
目光在天空與洋流之間擱淺
看一次次的海潮像流浪

我在這裡，修行這般的誘惑
所有悲喜以歡笑回聲
讓十月風吹拂自由的靈魂
而時間寂靜

像一本詩集在風中翻閱
心在字行間隨遇而安
只是，這秋意把思情坐得太深
如醉飲一杯葡萄美酒

海潮不息如心的聲音傾聽
請允許我恣意一次魔法
將幸福花妍輕輕吹出
這秋的，煙火人間

2016.10.7

雲開霧散

倘若不能言語
請讓我只擁有
這一片含情的緘默
倘若不能輕歌
請讓我只擁有
這一首秋意的詩篇

有聲之處
洗心側耳追隨妳
聽於聲,充於耳
酣醉於玫瑰茶飲
輕微地攪動那靜謐
海潮間虛實幽幽

2017.9.8

空的行李箱

生命或長或短只一回
日子或歡或悲在繼續
我在旅途上或起或伏
世界很大人心複雜
紅塵很深人世浮華
我頂著藍天隨遇而安

一樣眼睛看不一樣的世界
一樣耳朵聽不一樣的歲月
一樣的心想不一樣的明滅
我哭著來也哭著走
我光著身來也空著手歸

行旅皮箱帶不走記憶
記憶屬於時間
行旅皮箱帶不走天賦
天賦屬於境遇
行囊裝不了軀體
身軀屬於塵埃
行囊裝不了靈魂
靈魂屬於宇宙自然

2016.10.3

歲月四季

歲月藏在雲的紗裙裡
看得到春天彩妝
猜不透後母的心

聽得見夏日蟬鳴
留不住告別身影

採得到秋季楓葉
讀不了蕭瑟凝眼

抵得過冬至寒風
擋不住不羈狂雨

總有一件童真的衣裳
可以感動多變的心

總有一曲交響樂章
可以譜出生命悠揚

總有一首美麗詩篇
可以寫下浪漫情緣

2016.10.1

夢囈

在秋意闌珊中回眸
瞥見路邊小花一朵
浸潤晨光中隨風搖擺
眼底綠坡是一片草浪
湮沒了我的目光
也帶走夢中的安詳
沉靜地開口說話
花絮紛紛飄落
鏡中側臥的睡姿
被夢囈喚醒

2016.10.5

情緣一生

純樸寧靜的轉角
總是充滿喜悅驚奇
花牆走過時
早已注定共渡情緣

一條羊腸小徑
一片虛掩等待的門
一面四季開花石牆
斑駁歲月便雕刻了一生

拄著拐杖踏上青苔石階
蹣跚停留花樹下
陽光正燦爛
暖暖一杯茶

陽光未變陪伴終老
遠山小溪看花開花落
單車時光老時遠去
石路牽手依然

2016.10.5

書在風中

午后陽光暈染在書香裡
一盞玫瑰淨化了人間情事
蟬聲藏匿拂風裡
偶爾想起溫暖的春光
也曾如此倒影院落
像一首美讚詩歌
我以夕輝佐茶
感受一場春秋大夢的依存
願玫瑰再開一回
願夢再來一遍

2016.10.4

風

是不是雲藏了風
要不然白色舞裙怎飛揚
河邊的大樹搖頭
說風躲在綠葉 say 哈囉
流水不甘示弱
說風在幫她做按摩

太陽說風很調皮
喜歡掀開雲舞衣
喜歡樹上躲貓貓
也愛輕歌水上飄

播放夏蟬美音
傳送春花氣息
柔拂秋月夜光
傲骨冷冽冬景
怦然心動在四季
沉醉忘了自己

2016.7.30

你在看我嗎

一首藍調佐配咖啡
旋轉門來來去去
等了一季夏天
雨絲在窗外迷濛

我從窗口看雨巷
懸念與路人擦肩而過
愛琴海陽光珍珠般灑落
雨絲卻打斷我的想像

一杯咖啡的等待
沸騰了藍頂教堂許願
米克諾斯碧海藍天
風車 白牆 海岸瓦舍
伊亞最美麗夕陽

我從窗口看世界
窗外雨中人在看我
手札隨筆書寫
侍者在微笑
你 也在看我嗎？

2016.7.28

在雨中

親愛的，別在雨中哭泣
雨中分不清是淚是雨
親愛的，別戴著面具
躲在角落猜不出深情幾許

在雨中看見妳
像一朵白荷清妍透剔
捨不得的夏季
每一瓣花都含著雨滴
每一片葉都藏著秘密

揣摩面具下的思緒
是否藏著離情依依
天空竟然下起雨
風來無聲無息

橋很長，風很大
我是踩過斜雨橋面的行者
撐起一把傘為妳
憂傷別再提

2016.7.27

遠方

看著妳看的遠方
一個有陽光的地方
我坐在背陽的方向
風有些涼

潮水在化魂中凝望
悄悄漫上妳的詩篇
我也看見了妳的隱晦
風在眉間

月亮不圓的寂夜
寫一首詩魂的殘念
愛憐已成灰
只想牽一個永恆

妳的寂寞不孤單
拈花在背光那一面
有我陪著看
妳正在看的遠方

2016.10.4

偷心

為了相見化成被放逐的風
四處尋找失落的足跡
在輪迴裡枯等紅塵中翻騰
只想再聽聽那歌聲
好讓流浪的心回程

每一次思念在鬱鬱秋天
不再相遇卻盼望年年
明白為什麼不愛冬季
只因白雪會覆蓋等待的信念

趁蘆葦花還沒開
還給你偷走的心
月光中為你唱一首歌
請託風兒別再吹
拂落黃葉片片

2016.7.25

十七歲女孩

有一瞬間是愛上雨天
在一片白雲飄走之前
懷抱記憶好久

我心中看見一個女孩
整天雨中跳舞
為墜落星星唱歌

微風吹落秋葉
她不記得我是誰
我想和她一起在雨中
親吻淋濕的小麻雀

若有一天找到她
我會躲在蟬聲中哭泣
偷偷和她望？一樣的方向
趁雨來時以眼角送別

2016.7.25

仙度拉的鞋

手機上的留言
像馬車疾奔午夜
一條 line 的地平線
你在南方我在北邊

訴不盡心頭掛牽
道不完別後思念
會心在空中花園
時鐘指在 12 點

無星無雲的夜
我們輕輕說再見
溫暖在心田

月光童話讀一遍
聚散匆匆一回
獨留一只仙履鞋
你想找誰？

2016.7.24

歲月四季

歲月藏在雲的紗裙裡
看得到春天彩妝
猜不透後母的心

聽得見夏日蟬鳴
留不住告別身影

採得到秋季楓葉
讀不了蕭瑟凝眼

抵得過冬至寒風
擋不住不羈狂雨

總有一件童真的衣裳
可以感動多變的心

總有一曲交響樂章
可以譜出生命悠揚

總有一首美麗詩篇
可以寫下浪漫情緣

總有一道七色彩虹
可以掛在太陽的天空

天使的耳朵是小小葉
聽歲月的聲音

2016.7.22

給孩子的一封信

黑夜如燃燒後灰燼
靜悄悄
我期盼日出

黑夜若噬夢幽靈
忽隱忽現
我等待月落

摘一束純白玫瑰
托雲帶給你
採一片燦爛陽光
照亮天國階梯

黑夜將星星閃亮
宇宙有千年的光
思念像金色海洋

2016.7.22

咖啡的樂章

一曲卡本特清揚樂音
穿梭時空邊界
從星巴客到政大冰店

一疊思想起深情音符
醉夢溪打水漂
從陽關道到獨木橋

一段沈寂前塵往事
心海如鏡投影
藍色珊瑚礁第六感生死戀

一縷幸福小樂章
詩寫枕上月光
李白對飲徐志摩的偶然

2016.7.19

明信片

風吹開案上書頁
郵戳露出燦爛笑臉
晴空塔高聳在字行間
白鴿飛翔隅田公園

風拂過花川戶行人道
櫻花羞開粉紅嬌妍
言問橋拓影在水湄間
渡船夜泊淺草岸邊

風轉記憶年輪線
筆在秘密花園盪鞦韆
輕描雷門寺許願
是你寄自黑田屋的明信片

2016.7.20

前世今生

你應是我前世的化身
在繁華褪去煙雲
沉潛後歸來

我小心捧著夢裡童話
深怕一碰就碎
這樣的幸福不真實
只想牢牢記住

如果美麗相遇不能長久
我願時光暫留
願與歲月不言中

心中一盞小小燭光
不能比擬太陽
寒冷冬季裡點亮
是不是能溫暖你心房？

2016.7.19

時光

微雲流淌過時間
輕風吹落一片葉
你在滄桑夢裡
遺失了浪漫

僅管明月寧靜清朗
淡雅清輝足以溫暖心房
一對深沉的眼
看山是山看水是水

浪漫需要真善美
柔和中淬鍊
色彩 曲調 氛圍
我將帶回凡爾賽玫瑰
貼近的告訴你

讓一道光照進心扉
紅塵角落回憶點點
再回首
看山不是山看水不是水
記得的

請珍惜不悔

2016.7.22

白色情人節（聽海）

獨坐在海的石階
遙望那天際無邊
不緬懷過去
不展望未來
你的懂與不懂
我都一樣自在快樂

也許歲月可以重來
但是不會更好
只因這段歲月有你
一切顯得不同
雨後陽光灑在我額頭
過了季的冬
藏躲在海天之後
瀲灩的藍
微光在那裡停留

今夜無星
依稀如夢境
我不害怕思念
藉想念穿透海洋

只為給你幸福錦囊
如果可以　請你
請你開啟天堂

2013.3.14

遇雨

雨天不打傘是你的習慣
遇雨在將夜未夜時分
兩人靜坐街頭仰望天空
銀色街燈很柔
光感裡雨絲旋繞如綢

雨本無色因為有你
閃耀著幾許光影
柏油路底映在眼裡
漸漸如鏡黑漆

心想的是
驚蟄春雷的鳴起

夜漸深
雨慢慢平息
彼此的距離
幾乎觸手可及
笑裡帶著傻意
並肩穿梭在夜裡
宛如兩隻落湯雞

夢裡窺看依稀

2013.3.11

時間禪

一年又一年的冬天
始終沒有過完
無關乎告別
只是回憶無限
那是一條沒有回頭的水流
流著永恆的悲愁
寫在千億年前的岩石上
落於三千丈的深谷底

路　　總有一段是歸程吧
水　　總有一段是守候吧
歸來在淒白的夜色中
守候在蒼茫的煙雨裡
煙波歸途在趕路
湍湍水流
橫切過我的夢想
我宛若站在斷橋之上

請別告訴我
我已一無所有
我還有遙遠朦朧的千山

是我心的草原
如你凝眸
是我思念的小小海
點點歸帆是顆顆擺渡的心
婉約如我
淺笑在柔波裡
翻轉千百回

2013.3.18

與子偕老

此時是六月
初夏才開始
陽光總是不肯收斂自己的驕傲
我的心如南方的海
你看不出我的深沉
即便我如此之近而遙遠
我以憐憫的詠歎
替換你在我心中的位置
而你是消失的星星
在初夏的夜空裡
懸缺

彷彿前生
潮汐來回是我心上滯留的記憶
眼中期待
是瞬間濺落的水花
誰能分辨於彼此虛無的起落
而我　揉碎了一地浪花
只是卑微的際遇
今生的月圓月缺
如何輪我悲傷

如何想像我
意識和心靈的流浪

眼睛輕眨　彷彿
被溫柔陽光刺傷
這裡有一些暮色的昏黃
風　在心底呼嘯
夢裡　有清悉片段
流浪在前世今生
也許還有下次來生
我的聲音悲不悲傷
我想　你會知道．
就這樣吧　如此
與子偕老

2013.6.3

夏之夢～給 L

有一種顏色非常綠
靜謐的是四周
冥冥之中有意象符號追蹤著生命
我是那麼落漠
落漠地背著自己的背影
低聲哼歌沒有你的顏色
四周依然寂靜

你也曾歡笑過吧
那些陽光
曾經繽紛的日子
而今　我腦海裡
迴旋著你憂鬱的眉
彷彿　風沙都被阻絕
在世界之外
是誰將抑鬱的身影
踱進了你心裡
說什麼好呢

記憶重組燃起了惆悵
我愁困在沒有驚喜的午后

148

我在時間裡沉吟

但願你也撫琴斂眉

好讓沉澱的心重新尋找

沉默的聲音

貼著流浪曲調往前走

時間也許昏暗卻透明

然後　我們白髮以對

成為各自感受孤單的

陌生人

2013.5.31

夏之夢～雲且留住

有些時候
彼此倉皇的眼神
總是破碎在記憶的邊緣
看著空氣尚未冷卻的風景
是不是都曾經見證過
也歡呼過彼此的青春
過渡中渡過
歡愉與憂鬱的旅程

狗尾草逐風搖曳
新綠鋪陳的草地
隱隱水聲和著鳥鳴
是原鄉玄關裡的音符
你有快樂就是一切
嬉戲的雲和著風
撥弄松針之眼
笑中款款溫柔
是山林的眷戀
腳印在日出時候
掠過風的翅膀
這個季節

明亮耀眼

快樂也好　悲傷也罷
只要你我一起哭笑
宇宙花園裡
便不再憂鬱如恆
請你記住
這美麗的時刻
我的秘密花園
已開滿攀緣紫羅蘭
當然　你不會知道
其實是我
好想讓你知道
雲在天空　能否
請你　停停腳步

2013.6.4

夏之夢～遲去之蝶

當白天遇上了黑夜
就像星星座落在某個人心頭
經過一個白天
陽光摧殘了純粹的時間
我小立等候
風以最美姿態
吹拂我　宛若重來的音符
在我睫眉上
刻下柔美弧度

浮雲與月光
屏息又乍現
當下是寧靜輝煌
夏天真的已來到
而你是　漸漸
他去的　紫斑藍蝶
在我幽微心底
留下虛無影子

在我記憶裡　曾經
你我虛擬世界的一切

應該真實被保留下來
讓我假裝春天才剛過
你還是遲遲不去的蝶
只是被幻化替代了
但我總還記得
記得一個你
愛說笑
開心的模樣

2013.6.5

夏之夢～心路

我始終相信回憶
因為你我有過
短暫曾經的美好
在稀薄的空氣與哀愁間
雖然猶疑卻有方向
沒有迷濛時刻
沒有孤單

倘若你我彼此
在躍起的生命裡追逐
你該是我的終途
儘管一路上
時有漫長等待
有一些糾葛
總是在前進中
等待一個出口
然後瞇眼看著
看見生命裡
有起承轉合

面對不可知的未來

你總是跼促不安
而我總是沉默思量
我的目光足以丈量
你我生命的厚度
足以檢驗真情的價值
與靈魂的永恆
你感覺到了嗎
我始終相信
堅持是你我
完美存在宇宙空間裡
唯一的白晝

2013.6.11

告別春天

是時間的作態
什麼遙遠的林邊
為生命的沉落
誰等候著誰
只知道我在歲月中
負載自己的重量
時而像天空廣闊的藍
時而如飛雲似雪的白

如果我告別
我會將你
放進眼角的淚囊
在某個雨季
一股腦兒地釋出
你是我的夢
一場作勢荒蕪
歲月中
不斷斑駁自己的夢

如果有人問起了你
我只會小立思索

那些明亮記憶

清晰照映葉的脈絡

我心事的紋理

你會看見

傳一葉詩情給你

如果我告別

也許

已經沒有如果

2013.5.23

紅葉心事

風與風　輕輕搖曳
遠方的森林
必然有什麼
穿透我假寐的夢境
一些得失
一些錯誤
一些　什麼也沒有的虛無

給我一些色調
霞紅　鮮綠　昏黃
調合在記憶瀰漫的山谷
好穿越黑色隧道
窺視我遲來的思念
當陽光轉換
你的心情是什麼季節？

四周是靜謐的
冥冥的意象昂起燦爛
有時也失意悲傷
一如落葉
時間是小碎步的寂寞

在花間繽紛裡
留下屏息的美麗
最終是晨曦
拉長疲倦的影子
最終是樹影
拘禁了許多陽光

2013.5.15

隱晦悲涼

別再試探回憶
紅蜻蜓有夕陽照映
水光中有我有你
也不要驚擾我的孤寂
過去現在和以後
生命似水聲的悲涼

淡淡的月暈
畫著一個圓
我隔著時間相望
心跳在隱晦的符號裡
在稀薄的陣風中相遇
沒有迷路
只有玉蘭花的菩提香
傾聽星月的追逐

生命途中看見
晚香玉花開
在春季的最末
時間是現在
也是以後

每每絕望裡想念
那些年的錯過

2013.5.28

拂曉

經歷過幾個聚散後
熟悉與冷漠的錯落
有什麼讓我們
可以蓄意去飄泊？
意識投向遠方
用妳的名和聲音
以夢建造溪谷
在曾經的記憶裡
加添甜美的味道

忽暗忽明的天際
雲嵐裡寫著過去
遙寄美麗的惆悵
對依舊的微光說話
在拂曉以前
想像妳
最美的模樣

是喟然的嘆息
獨自啜飲著悲涼
靜默敘寫妳的夢

也許不再俯身於我

但能否請妳

不要再說無眠

請妳　緣著風投擲悲傷

不同的流域裡

隔著蘆葦花

哼唱自己的歌

泥土縫隙　走私

拂曉的陽光

2013.5.16

最好在遠方

當冬雨融化城市的寒冷
光陰的時序也靜默地跳躍
有一天　你我
會像蝴蝶重新來過
引來春天的光
好讓蒲公英隨著風
燦爛飛翔

夕陽在自由的風之間
讓我安排想你的時間
懷想遠方
在閉眼的時候
想像一些縫隙
可以書寫疏離
在對坐的角落
這樣想你

最好
你還是在遠方
讓我帶著虛無繼續
意念透出了空氣

尤其是在夜裡
沒有冬雨
只有一個春季
也許就是一生
風中對奕　翩翩
蝴蝶　隨風

2013.5.13

藍屋頂的約定

一些錯過的事
我可以笑著說嗎
那是被陽光急促過的愛
以及屏息等待過的故事
那些階梯上的草木
有陽光讓貓咪驚嚇竄出的回憶
越過文字與夢的邊界
故事翻閱後
便不再讀過
寫詩只是
習慣性想念的綿延

不曾為你斷句
是誰和誰凝神
注意過路邊的小花
重視過那些曾經
你我之間　誰又能抗拒
時間的遺忘
或者我可以
再笑著跟你說約定
一些希望能遵守的約定

約定故事裡的你我

用抒情鋪陳生命

有一些悲傷

淚水像星光燦爛

眼神交互著

風雨與時間的嚎泣

留滯在記憶深處

遠方風媒花開

在上風的地方

而向日葵

有自己的陽光風

2013.5.9

如夢花影

昨夜驟雨驚醒我的夢
夢裡有個似曾相識的自己
幽然倩笑說著
我不再喜歡你
醒來隱約一陣痛
窗外剛好有風
於是有了
想飛的理由

獨自在房裡感受
已然離去的四月
像翻開的書頁
有些驚歎
有些詫異
還有些被時間
逼迫的遲疑
越過了生命的淺灘
隨著朝陽到來
上一頁不會重來

揚起的蟲聲鳥鳴中

酢醬花在窗台
兀自清麗迎風
晨曦倒影裡
五月雪白油桐
紫色小花中飄落
耳畔有悲鳴
讓風的敘事都暫歇了
而夢　在遠方
我的夜
也缺席

2013.5.3

無言

飄零的音符兀自顫抖著
蕭瑟中夢已老去
是一首風中呼喚
失落的情歌
寫著
雲的悲歡離合

大地並轡著跡痕
漸行漸遠的是歲月
是被放逐的記憶
若我高舉雙臂
無法圈起一片天
何苦追逐一個
不曾存在的圓

而今我想畫一個夢
妳划著木蘭舟
載著依舊相看兩不厭
是林峰中煙嵐氳氳的詩情
是明潭之上纖柔的彎月
是盈耳嘹亮的飛瀑

是環翠繚繞中
我不凋的畫意

2013.5.7

夜聽蕭邦

最怕看到夕陽　緩緩
落入遙遠的故鄉
將風聲調到夜半
把心放在最底層
因為始終相信
皎潔的月光
是歸鄉唯一的指引

我拘束著卻狂妄翱翔
妳低調著卻奢華傲群
好想領妳起舞
好讓藍與黑的固執
交織在妳我的懸殊

蒼茫灰白的祈翼
不是為了索求
只為埋隱心事
未知星辰如妳
梳過夢的堤岸
看見心中瞬滅的霓虹
落下粉塵

屬於光的縫隙
將夜未央
心曲縈耳
一如蕭邦

2013.5.9

魚木花開

是那音樂熟悉得令人迷惘
宛如上輩子已識得
一雙凝視深邃的眼
看透了時間的迷障
是前世　是來生
音樂是那抽象化
時間化的慾望

慾望記憶
被抽離成一縷樂音
你的影像彷彿消翳了
獨自在角落吹起
肯尼士的黑木質音
虛盪而憂鬱
一如魚木花季後
落英與飛葉片片

稍縱即逝的人移事往
車水馬龍的街角
我闔上眼聆聽
看見來回晴空的你

分秒消失在記憶之河

虛妄的樂音間

你安靜復活又隨後沉默

空無香草味裡雜落

難辨的笑意

都是關於你

魚木樹下的記憶

2013.4.25

最初

只想抽出一絲春的新綠芽
自冬雪覆蓋過的泥土
細細彩繪蝶翼的圖騰
受以花粉
自初綻的花蕊

曾經是秋天
芒花搖曳著蒼茫往事
但屬於春天的記憶
在秋的沉思中
抹上淡淡一層愁意
妳飛揚的長髮　訴說著
防風林也檔不住的
飄雲的訊息

而今花開繽紛
晨露晶瑩的容顏
晚霞照映的依戀
飛揚的輕歌裡
款款情弦
伏案中悠雲窮瞳

明眸亮起了心燈
玉蘭花的氣息
飄繞在時間的
扉頁間

2013.4.18

折疊陽光

我想念著一種
無以適從的佇立
隔海的阻擋宛若絕路
其實應是峰迴路轉
也想念著一種
無所畏懼的站立
天涼時歌唱於海風
偷偷將陽光折疊
藏在破了洞的口袋

午后時分有船載著夢
看著忖度著
轉身中彷彿胸口蟄伏了大海
船身兩兩搖晃
從遙遠而來
溫燒在夕陽裡
妳的臉沉浮在
浪濤中旋轉

可否請妳
就此不再轉身

別再背對我離去
昔日我好年輕
歲月在浮動花瓣裡
年華在金迷紙醉中
繁景依舊　而夕陽
幾度紅？

2013.4.29

詩情畫意

夢裡有個家
一疊詩書一點滄桑
三兩朵櫻紅清香
環氛小小幽靜院
長長青石小路
有我夢中人
幽居晨曦窗口
妝點著生命古典春意

清澄門外琴韻如水流
藍藍天際山隔青黛
多少靈魂夢築路上
一個微笑一個眼神
日月星辰林羅萬象
真愛沒有虛假
真情沒有偽裝
只有牽引和飛翔

季節始終變換著
心底是永遠的草潤鮮花
天為帳地為蓆

寄情海角醉臥天涯

卿卿如我輕輕捲起

清麗纏綿

寄予萬千詩畫

2013.4.22

不寂寞

故事其實沒有一定要結局
我只想當旁白人
高興拎著行李到處遊走
想像一張長木椅
有陽光打哈欠
有塵埃停歇
春天的光燦天空裡
小小心事如花瓣一般
驚詫之間都有澄色

你給了我許多柔柔目光的暗示
一朵花心一片春情
潤澤了枯涸的心靈
盈盈來臨時花醉如夢
高山流水的弦聲裡
深深回顧
人生相遇知音多少

是永遠的纖塵不染
是永不停息的真誠吟唱
高貴的追尋

激盪的詩意人生
我扶住一縷輕風
靜靜停留
陽光想必是多情
總會照耀在那杯
涼了的　獨酌的
濃黑咖啡
或者
空了的板凳

2013.4.17

碧天的羽翼

睡夢之間
陽光輕輕踮著腳尖
風在空谷中游盪
雲朵在永恆裡聚攏
我的記憶
如此深深被妳包圍
葉落於樹
霧走失於山坳

油桐花還沒飄雪
日誌抉擇著
是否寫入芒花的淺灘
用風和沙佐詩
哀傷緬想那些消逝
一如水紋漸漸滑移的
天上的晨雲
輕輕劃過
妳試圖掩飾的
曾經

總在撥雲見霧中走走停停

兀自在心底彩繪那

雲蒸霞蔚的藍天

在天外天交會一回回

走千里不倦的路

耕足下一畝畝田

而後能神采奕奕

與妳預約

明天的明天

2013.4.12

陽關道

心靈的邊緣靜謐無息
只剩極輕的風聲
午雲依戀著千層山壁
雨後的密林深處
多霧的山谷淡泊的心情
沐浴在意外的斜陽裡
灑落一地愜意

時間的腳步遲緩了
漫漫長路猙獰了
明知天空有雲
日子不該寂寞
只是失去牽引的四季
天地在旋轉
扶搖的風在失速中
渾噩狂亂

好想再次握妳的手
再一次擁抱我的夢
展開翅膀乘風
放飛愛的承諾

解放禁錮的自由
當妳仰望時
天空有雲
等等我

2013.4.10

懸夢

從書的扉頁掉落
在藍白的天空裡
雲遠離了
遼闊的虛無
我閉上雙眼看見你
懸在
夢的歸途

陽光支解了
握筆的雙手
煙霧是失眠者的窗口
升起了走失多時的謎
於是我轉身喟嘆
凝視在光影的縫隙

不再倉皇行走
生命是靜好
不再慌亂愛戀
日照後熟悉的記憶
將逐一融化逸出
千轍過處

交錯著你的印記

松林雲靄中回聲在山谷

如果你願意

我將為你

傍水而息

2013.4.9

┃作者簡介

蔡梅芬

蔡梅芬政大公共行政系畢業。以真摯筆觸書寫生命歷程，在經歷坎坷的情感世界，將心中美好的憧憬，化作優美詩詞，療癒自己也發人省思。在網路書寫詩歌多年，蔡梅芬字裡行間充滿浪漫情懷，撫慰眾多為情所苦受創心靈，也讓他們在困頓生活中，依然擁有浪漫情懷，持續樂觀地生活，這唯美浪漫的詞句，深深打動都會男女寂寞的心，累積許多讀者忠實支持。而她永樂觀，友善面對生命中接觸的每一個人，散發溫暖的磁場，激發許多讀者投入創作行列，幫助人找尋生命喜樂，更足堪稱許。著有詩集《我的世界只有你最懂》及《凝視的背影》。

詩情畫意 10

凝視的背影
蔡梅芬詩集

作　　者：蔡梅芬
美術設計：許世賢
出 版 者：新世紀美學出版社
地　　址：台北市民族西路 76 巷 12 弄 10 號 1 樓
網　　站：www.dido-art.com
電　　話：02-28058657
郵政劃撥：50254486
戶　　名：天將神兵創意廣告有限公司
發行出品：天將神兵創意廣告有限公司
電　　話：02-28058657
地　　址：新北市淡水區沙崙路 25 巷 16 號 11 樓
網　　站：www.vitomagic.com
總 經 銷：旭昇圖書有限公司
電　　話：02-22451480
地　　址：新北市中和區中山路二段 352 號 2 樓
網　　站：www.ubooks.tw
初版日期：二○一七年十一月
定　　價：四三○元

國家圖書館出版品預行編目 (CIP) 資料

凝視的背影 ：蔡梅芬詩集 / 蔡梅芬著 . -- 初版 .
-- 臺北市 ： 新世紀美學， 2017.11
面 ； 公分 --（詩情畫意 ； 10 ）
ISBN 978-986-93635-3-2（精裝）
851.486　　　　　　　　　　　　105016899

新世紀美學